来！煎一锅大象蛋

〔日〕寺村辉夫 / 著　　〔日〕长新太 / 绘　　黄少安 / 译

GUANGXI NORMAL UNIVERSITY PRESS
广西师范大学出版社
· 桂林 ·

如果你问国王："陛下最喜欢吃什么？"

国王一定会回答："鸡蛋。尤其是煎蛋。一定要软糯糯、热乎乎的煎蛋。"

据说，国王一日三餐都会吃煎蛋。

国王喜得贵子，是个像鸡蛋一样可爱，胖乎乎、圆滚滚的王子。

国王高兴极了，立刻召集尖脸大臣、方脸大臣和圆脸大臣，说道："我们来庆祝一下吧！让全国人民都来皇城，我要好好宴请大家。让我们载歌载舞，热热闹闹地庆祝一番吧。"

尖脸大臣说："遵命！臣明白了。"

方脸大臣说："那我们立马开始准备吧！"

圆脸大臣说："那陛下要请大家吃什么呢？"

国王说道："当然是煎蛋啦。我要让所有客人都能吃到美味的煎蛋。一定要软糯糯、热乎乎的煎蛋。"

听国王这么一说，三位大臣有些为难。如果全国人民都来的话，得需要多少鸡蛋才够呀。恐怕得需要成百上千个鸡蛋吧。

尖脸大臣说：

"国王，咱们国家没有这么多鸡蛋呀。"

方脸大臣说："一只鸡下不了几个蛋呀。"

圆脸大臣也说："要不我们用其他佳肴来招待大家吧。"

国王听完大怒："不行！一定得是煎蛋。

如果不是煎蛋，那就取消庆典!"

国王很任性，又大逞威风，大臣们也拿他没有办法。

正当大臣们苦恼的时候，国王灵机一动："那我们找来大象蛋不就好了？

大象的蛋一定非常大，我们造一口大煎锅，一次煎好，肯定够大家吃吧？

这样的话，大家就都能吃到软糯糯、热乎乎的煎蛋了。"

尖脸大臣恍然大悟，拍手叫好："是啊。大象蛋一定很大吧。或许可以一次性

做够一百人吃的煎蛋。我这就去让家臣们搜罗大象蛋，七八枚差不多够了。"

方脸大臣说："那我就让家臣们去做一口大煎锅，

比大象身体还大两倍的煎锅。"

圆脸大臣接着说："那我这边就做一个能够放得下大煎锅的大灶炉吧。

像小山一样的大灶炉。"

大臣们七嘴八舌地说着，

国王听了，摇晃着胖胖的身体，心满意足地笑了。

"那就请你们尽快准备，越快越好。"

尖脸大臣立马召集家臣，说："为了庆祝王子诞生，国王决定大摆宴席，邀请全国人民来皇城吃煎蛋。现在我命令你们去搜寻大象蛋，大概找七八枚回来。"

话音刚落，家臣们就聚在一起七嘴八舌地讨论起来。

"什么？大象蛋？"

"大象都把蛋下在哪儿呀？"

"肯定只有母象才会下蛋。"

"我们需要把大象打倒，然后把它的蛋拿回来吗？"

"大象蛋一定很重，搬回来会很辛苦吧。"

"也许大象会拿鼻子打我们吧。"

"我们放枪吓唬它，它就会扔下蛋逃跑了吧。"

"这么重的大象蛋，谁来抬呀？"

"装在卡车上运回来不就好了。"

"可是卡车太颠簸的话，蛋会被弄碎吧。"

"那就慢慢地运回来，让卡车不要太颠簸，并且派人在旁边扶着蛋就好了。"

家臣们叽叽喳喳、喋喋不休……

尖脸大臣大声说道："太吵了！安静点！安静点！现在就出发！都跟我来！"

嘀嘀嘟嘟！嘀嘀叭叭！

号角声响起，队伍出发了。

走在队伍最前面的是带枪的士兵。

紧接着是八辆卡车。

卡车后面跟着许多士兵。

尖脸大臣坐在第一辆卡车上，用望远镜眺望着前方。

士兵们一边大声唱着歌，一边前进。

大象，大象，大象！

会下蛋的大象，孵着蛋的大象。

大象在哪里？大象在哪里？

我们要找的大象，

快出现呀，快出现！

与此同时，方脸大臣来到了镇上的工厂，对工人们说道："为了庆祝王子诞生，国王决定大摆宴席，邀请全国人民来皇城吃煎蛋。所以，现在我命令你们，铸造一口能够煎大象蛋的大煎锅。马上开工！"

工人们搬来一块又一块铁板，丁丁当当、哐哐啷啷，锻造成一块超级大铁板。

方脸大臣紧接着说："再把它做成圆形！"

做成圆形后，方脸大臣又命令道："这次卷边，铸成煎锅的样子。"

丁丁当当，哐哐啷啷。

大煎锅终于做好了。

这边呢，圆脸大臣带人在皇家庭院里搭建大灶台。

只见大卡车运来了十车土，大家从皇家池苑引水，和匀泥土。

"我们要做一个小山般的灶炉，要能放上超大的煎锅，用来煎大象蛋。"

嘿吼、咿咻、嘿吼、咿咻……一个比房子还大的灶炉造好了。

大家又在灶炉周围浇筑了一圈水泥，把灶台固定好。

待水泥晾干后，大灶台就建好了！

这时，城门外开进来一辆卡车。大家定睛一看，
一口比卡车还大的大煎锅被运了进来。

"啊，这下终于准备齐了。"方脸大臣说道。

"不不不，还没有生火的木柴呢。"圆脸大臣赶紧打断。

"啊，是哟。"

于是，大卡车又分别运来了一车木柴、一车炭、一车煤……

这下总算万事俱备，只差尖脸大臣的大象蛋了。

大象，大象，大象！

会下蛋的大象，孵着蛋的大象。

大象在哪里？大象在哪里？

我们要找的大象，

快出现呀，快出现！

尖脸大臣带着持枪队伍、八辆卡车和一众士兵，浩浩荡荡地穿越平原，渡过河川，接着又穿越了一片平原，终于来到了一片大森林。

望远镜里，还没有看到大象的影子。

虽然还没有发现大象，但尖脸大臣发现远处一棵树下有个小房子，小房子前面有个小孩。"去问问那个孩子，说不定他知道大象蛋在哪儿。走！"

尖脸大臣带着队伍来到小房子前，叫来孩子，问道："喂，小朋友，这儿附近有没有大象呀？能下蛋的大象。"

小孩扑哧笑出了声："要找大象的话，从这儿往前走，在第四棵树向右转，第二十五棵再向左转会看到一个山谷。走过山谷吊桥，在大石头旁再左转，那里有一堵悬崖。大象就在悬崖上面。"

尖脸大臣把小孩说的话全部记在本子上，转身对队伍一声令下：

"走！出发！"

大象，大象，大象！

会下蛋的大象，孵着蛋的大象。

大象在哪里？大象在哪里？

我们要找的大象，

快出现呀，快出现！

照着本子上的笔记，尖脸大臣带着队伍在第四棵树向右转，第二十五棵树再向左转，走过山谷吊桥，在大石头旁再左转，有一堵悬崖，登上陡峭悬崖——大象，会在那儿吗？

结果……什么都没有。这儿就像一片稀树草原，除了草和树木，其他什么都没有。

尖脸大臣对持枪队伍说道："大家一起朝天开一枪。准备好了吗？一、二、三！"

砰砰！

枪声震耳欲聋，震得花草树木都在颤抖，大地似乎都在摇晃。

接着，藏在树林里的动物受到惊吓，四处逃窜开来。

老鼠、松鼠、小鹿、鸵鸟、袋鼠、斑马、骆驼、老虎、狮子、豹子……

蛇和蜥蜴也迅速地逃走了。

数不清的鸟儿一齐飞上天空。

拿着望远镜眺望的尖脸大臣惊喜地叫道:"啊!有了!有了!大象在那儿!在最那边!正慢吞吞地要逃走呢。我们追上去!各位!前进!前进!"

他们追到象群刚刚逃走的地方,发现那里有一只掉队的小象。

"哇!是一只小象。应该刚从蛋里面孵出来。还没有孵出来的大象蛋应该也在附近。"

尖脸大臣说完,对士兵们命令道:"快找!快找!趁着母象还没有回来,快给我找!"

"是！""是！""是！""是！"……

士兵们异口同声道，然后四处散开找了起来。

草丛中、石头下、地洞里都找遍了。

有的士兵爬上树枝，有的士兵掘地三尺。

嘀嘀嘟嘟！嘀嘀叭叭！

号角声响起，是集合的信号。

是找到大象蛋了吗？

是的，找到了。

士兵们人手一枚，带着许许多多的蛋回来了。

但是，大家手上捧的都是小小的蛋。实在太奇怪了。大象蛋不应该这样小呀。

尖脸大臣怒气冲冲，呵斥道："这么小的蛋怎么能行！"

士兵们害怕极了，手一抖，蛋啪一下摔在地上。

啾啾，啾啾，啾啾。

蛋摔碎在地上，小鸟从蛋壳里一摇一摆地走了出来。

啾啾，啾啾，啾啾。

一只小雏鸟。一只小鸵鸟。哎呀！还有一条小蛇，一只小乌龟。

只见小鸟和其他动物宝宝摇摇晃晃地从蛋壳里爬出来，

刚才那只小象也不知从哪儿又冒了出来。

尖脸大臣说："咱们这么找都没找到大象蛋。算了，没办法了。带这只小象回城吧！"

士兵们围成一圈，将小象抓了起来。

小象忽闪着眼睛，就这样被装上了大卡车。

嘀嘀嘟嘟！嘀嘀叭叭！

号角声再次响起。

"出发！回城！"

大象，大象，大象！
会下蛋的大象。
孵着蛋的大象。
哪儿都没有的大象，
和哪儿都没有的大象蛋。

起初，士兵们还气宇轩昂地唱着这样的歌，
渐渐地，大家都累了。
士兵们的脚步变得沉重起来。
司机打着瞌睡，卡车也开得摇摇晃晃。最后
尖脸大臣也在大卡车上睡着了。

睡着的尖脸大臣做了一个梦。梦里，出现了刚才遇到的那个小孩。小孩扑哧偷笑一声后，唱起了这样的歌谣。

大象会下蛋，

我们从未听闻。

大象会下蛋？

大象可不会下蛋哦！

从出生之日起，

从出生之时起，

就是一只可爱的小象。

大象可不会下蛋哦！

尖脸大臣猛地睁开眼："啊！是啊！大象可不是会下蛋的动物呀！能下蛋的动物，只有小鸟呀，鸵鸟呀，蛇这些呀。"

这时，队伍正好到了刚刚那片树林小屋的旁边。

小孩走到屋外，看着他们，哈哈大笑起来。

是啊，大象不会下蛋。

为什么大家都没能早些想到呢？

国王、尖脸大臣、方脸大臣、圆脸大臣，以及这一众士兵，都没想到。

大煎锅、大灶台，都白费力气做了。

哈哈哈哈哈哈哈……

但尖脸大臣带回来的那只小象，总是忽闪忽闪地眨着可爱的眼睛。

据说王子长大以后，和这只小象成了好朋友，可以像骑马一样骑在小象的身上。

来！煎一锅大象蛋
Lai Jian Yiguo Daxiang Dan

出版统筹：伍丽云
质量总监：孙才真
责任编辑：吴　琳
责任美编：唐明月
责任技编：马其键

THE ELEPHANT'S EGG
Text by Teruo Teramura © Reiko Teramura 1961
Illustrations by Shinta Cho © Takaya Suzuki 1984
Originally published by Fukuinkan Shoten Publishers, Inc., Tokyo, Japan, in 1984
under the title of "ぞうのたまごのたまごやき"
The Simplified Chinese edition rights arranged with Fukuinkan Shoten Publishers, Inc., Tokyo
Simplified Chinese translation copyrights © 2023 by Guangxi Normal University Press Group Co., Ltd.
All rights reserved.
著作权合同登记号桂图登字：20-2023-017号

图书在版编目（CIP）数据

来！煎一锅大象蛋／（日）寺村辉夫著；（日）长新太绘；
黄少安译 . -- 桂林：广西师范大学出版社，2023.7
（魔法象 . 图画书王国）
ISBN 978-7-5598-5954-9

Ⅰ . ①来… Ⅱ . ①寺… ②长… ③黄… Ⅲ . ①儿童故事 – 图
画故事 – 日本 – 现代 Ⅳ . ① I313.85

中国国家版本馆 CIP 数据核字（2023）第 055582 号

广西师范大学出版社出版发行

（广西桂林市五里店路 9 号　邮政编码：541004）
（网址：http://www.bbtpress.com）
出版人：黄轩庄
全国新华书店经销
北京博海升彩色印刷有限公司印刷
（北京市通州区中关村科技园通州园金桥科技产业基地环宇路 6 号　邮政编码：100076）
开本：787 mm ×1 092 mm　1/12
印张：$3\frac{4}{12}$　字数：37 千
2023 年 7 月第 1 版　2023 年 7 月第 1 次印刷
定价：46.80 元

如发现印装质量问题，影响阅读，请与出版社发行部门联系调换。